ESTE LIBRO PERTENECE A:

Alberto
PS

Dirección editorial:
Departamento de Literatura
Infantil y Juvenil

Dirección de arte:
Departamento de Imagen y Diseño GELV

Diseño de la colección:
Manuel Estrada

Ilustración de cubierta:
Mª Jesús Santos

El 0,7% de la venta de este libro se destina al Proyecto «Mejora de la Calidad y oferta educativa del ciclo diversificado del Instituto Tecnológico Quiché de Chichicastenango (Guatemala)», que gestiona la ONG Solidaridad, Educación, Desarrollo (SED).

1ª edición, 5ª impresión, marzo 2009

Título original: *Giochi di fantasia*. Edición italiana: Carmina De Luca

Carretera de Madrid, km. 315,700
50012 Zaragoza
Teléfono: 913 344 883
www. edelvives.es

ISBN: 978-84-263-5289-7
Depósito legal: Z. 619-09

Talleres Gráficos Edelvives (50012 Zaragoza)
Certificados ISO 9001
Printed in Spain

FICHA PARA BIBLIOTECAS

RODARI, Gianni (1920-1980)
Juegos de fantasía / Gianni Rodari ; ilustraciones, Rosalba Catamo ; versión de Mario Merlino. – 1ª ed., 5ª reimp. – Zaragoza : Edelvives, 2009
112 p. : il. ; 20 cm. – (Ala Delta. Serie verde ; 40)
ISBN 978-84-263-5289-7
1. Imaginación. 2. Humor. 3. Cuentos cortos. 4. Juegos de palabras. 5. Creación literaria. I. Catamo, Rosalba, il. II. Título. III. Serie.
087.5:821.131.1-3"19"

EDELVIVES

ALA DELTA

Juegos de fantasía

Gianni Rodari

Ilustraciones
Rosalba Catamo

Versión de
Mario Merlino

ABRIR TODAS LAS PUERTAS

Un libro es una caja. En un libro caben muchas palabras, diferentes tipos de letras, dibujos, números que señalan el paso o, por qué no, el salto de una página a otra, salto que nunca es mortal. En un libro hay blancos, como claros del bosque; hay signos de puntuación, señales de tráfico que nos dejan respirar y generan una música callada, un ritmo con variaciones que nos hace bailar sin movernos de la silla; espacios entre las líneas por donde circulan pensamientos traviesos, seres invisibles que hacen cosquillas en la mente y en el corazón y nos despiertan para multiplicar nuestros sueños, para que la vida se llene de colores, para cambiar de ruta de vez en cuando.

Y un libro es una caja de sorpresas. En los Juegos de fantasía *que propone Gianni Rodari vamos a descubrir diferentes formas para entretenernos con las palabras. Hay gente que siempre abre la misma puerta; no se atreve a entrar por la más escondida, puede que algo despintada y sucia y, tal vez por eso, cargada de misterios. Esa gente cree que las palabras son lo que son y que no hay que darles más vueltas.*

Pero: ¿no os parece que las palabras se mueven, hacen el pino, juegan al escondite, cambian de sentido en cuanto las cambiamos de sitio, que tienen zumo, que suenan, que hasta chirrían cuando no sabemos usarlas bien?

Entrar por la puerta misteriosa significa entender que el universo está lleno de caminos inexplorados; que es di-verso más que uni-verso. Las verdades son muchas, como muchos son los ángulos de la mirada. Lo importante es que esas verdades puedan convivir sin anularse unas a otras. Tal vez así, jugando a la fantasía, lleguemos a conjugar sin tropiezos ese verbo que Rodari sugiere en uno de los textos: el verbo "despelear". Las palabras, al fin y al cabo, abren todas las puertas para ir a jugar. ¿A que sí?

MARIO MERLINO

El binomio fantástico

Para que haya una historia se necesitan
dos palabras. Se pueden elegir incluso al azar.
Pero hay que saberlas elegir. Aunque sus significados
sean diferentes, no importa, mejor así.

El árbol de las zapatillas

El campesino Pedro fue una mañana a su huerto con la intención de recoger manzanas. El manzano estaba en medio de un prado y, conforme se acercaba, Pedro vio, entre las hojas, manchas de varios colores: azul, amarillo, rosa, violeta.

«¡Diablos! En mi vida he visto manzanas azules: ¿qué habrá pasado?», pensó.

Una vez junto al árbol, el misterio se aclaró. De las ramas y las hojas pendían centenares de zapatillas muy bien emparejadas, balanceándose con el viento fresco.

«¿A quién se le habrá ocurrido poner tantas zapatillas en el árbol?», se preguntó Pedro.

Al trepar al árbol, se dio cuenta de que las zapatillas no las había colgado allí alguien para gastar una broma o porque sí, sino que estaban sujetas a las ramas por medio de un pecíolo fino, como el de las cerezas, es decir, que en vez de manzanas este árbol estaba dando zapatillas. Pedro no podía creer lo que veían sus ojos. Se dio un fuerte pellizcón en la pierna para comprobar si estaba despierto. No había duda: no estaba soñando.

Pedro se quedó mirando un buen rato esas bonitas y extrañas zapatillas. Las había de todos los tipos: con borla, con hebilla, con doble suela, forradas, con merinilla...

¿Qué pasaría luego?...

Probablemente, Pedro abriría una tienda y vendería muchísimas zapatillas, mientras su árbol siguiera produciéndolas. Con el tiempo, Pedro se haría rico, siempre que nadie se subiera a su árbol prodigioso y se las robase.

¿Qué pasará después?

Con las palabras árbol *y* zapatillas, *se pueden inventar otros relatos.*

El árbol en la zapatilla

Una mañana, cuando la señora Cunegunda se levantó, descubrió que en la zapatilla derecha de su marido, el señor Wenceslao, asomaba una plantita verde. Pero sólo en la zapatilla derecha. Con el tiempo, comprobó que la planta crecía sólo cuando el señor Wenceslao estaba durmiendo, ya fuera de noche o de día. Resultó que al cabo de un mes la planta se había convertido en un arbolito.

¿Qué pasará después?

La nariz de la fiesta

Érase un buen herrero que tenía dos narices: una para todos los días y otra para los días de fiesta. La nariz de todos los días estaba llena de verrugas y forunculillos; la de las fiestas, en cambio, era tersa, suave y muy brillante: una preciosidad. Los domingos por la mañana, el herrero llamaba a su mujer y le decía:

— Rosa, dame la nariz de los días festivos.

Rosa sacaba la nariz de una cajita que tenía en la cómoda, el herrero se quitaba la nariz fea, la ponía sobre la mesilla, y por último se ajustaba la nariz guapa en la cara.

Pero... sucedía que cada vez que bebía una copita de más intentaba ponerse las dos narices juntas, lo cual era un problema porque entonces no sabía cuál debía sonarse.

Con un poco de fantasía y estas dos palabras: fiesta *y* nariz *se pueden inventar otras muchas historias, por ejemplo...*

La fiesta de la nariz

En Napias de Arriba, se celebra la fiesta de la nariz. Durante la fiesta se organiza el concurso de la nariz más gorda, pero también el de la nariz más larga. ¿Qué pruebas deberán pasar los concursantes? Si se presentara Pinocho, ¿cuántas mentiras tendría que decir para hacer que su nariz se alargue y ganar el concurso?...

La fiesta en la nariz

Estamos en el planeta de las narices enormes. Aparece una astronave perdida en los cielos. La tripulación de la astronave aterriza en este planeta..., baja y recorre el tramo de un camino que termina en un túnel... Es la entrada a la nariz...

Todavía se pueden crear más historias.

El timbre para los ladrones

El señor Guillermo vive en una casa del bosque y tiene mucho, mucho miedo a los ladrones. El señor Guillermo no es rico, pero los ladrones no lo saben. Después de mucho pensar, el señor Guillermo decidió escribir un cartel y ponerlo en la puerta:

"Ruego a los ladrones que toquen el timbre si quieren entrar en mi casa, así verán con sus propios ojos que no hay nada en absoluto que robar. Si algún señor caco viniese por la noche, debe tocar bastante porque tengo el sueño muy pesado. Firmado: el señor Guillermo".

Una noche sonó el timbre. El señor Guillermo corrió a ver quién era.

—¡Somos los ladrones! —oyó gritar.

—¡Ya voy! —dijo el señor Guillermo. Corrió a abrir la puerta. Los ladrones entraron con barbas postizas y antifaces. El señor Guillermo les hizo recorrer toda la casa y los ladrones comprobaron que no había nada en absoluto que robar, ni siquiera un broche del tamaño de un grano de arroz. Rezongaron un poco y por fin se fueron.

«¡Bendito sea este cartel!», pensó el señor Guillermo.

Después de este hecho, los ladrones se aficionaron a la casa e iban a menudo. Los había de toda calaña: altos y bajos, gordos y delgados. Cuando el señor Guillermo se daba cuenta de que los ladrones eran pobres, les dejaba entrar para que se llevaran un detallito: una pastilla de jabón, una bombilla, un poco de pan y queso... Los ladrones siempre se portaban muy correctamente con él y antes de irse lo saludaban con una reverencia.

Con dos palabras se pueden escribir historias divertidas y hermosas. En un colegio de... un niño escribió esto:

La luciérnaga y el niño

Había una vez un niño que no tenía ni padre ni madre, y estaba muy triste. Entonces todas las noches se asomaba al balcón y así hizo amistad con una luciérnaga que brillaba en la oscuridad y le hablaba y le contaba sus penas.

Un día, el niño cayó enfermo, perdió la vista y lo llevaron al hospital. Una semana después, lo operaron y lo primero que vio fue la luciérnaga toda encendida.

Por el esfuerzo que hizo para brillar de día, la luciérnaga se murió, pero se murió feliz de haber dado su vida por la felicidad de un amigo.

Una niña de otro colegio se inventó este cuento con caballo y volador.

El caballo de Marano

En Marano, en la escuela de Vallesana, 22 niñas y niños con su maestra iban a la escuela a caballo.

Todos los días a las ocho, el caballo hacía el recorrido de Vallesana para recoger a las niñas y los niños y todos juntos iban a buscar a la maestra.

Una vez en la escuela, el caballo, que se había hecho amigo de los niños, entraba y estudiaba junto con sus amigos. Un día inventaron una suma:

—Caballo más caballo, ¿cuánto da?

—Da dos caballos.

—¡Bien, bien! —exclamó la maestra contenta de sus alumnos—. Pero ahora una suma más difícil: escuela más caballo, ¿cuánto da?

Todos a coro, incluido el caballo, le respondieron:

—Da uno, en un día de fiesta.

Furia, el caballo, les dijo a los niños:

—Os puedo llevar a la Luna, ¿queréis?

Los niños entusiasmados respondieron sin vacilar:

—¡Sí!

Furia, oída la respuesta, abrió suavemente sus alas y voló con las niñas y los niños hacia la Luna. Y todos a coro se pusieron a cantar:

Viva Furia, el más veloz,
que surca los cielos
con gran esplendor.
Caballo volante,
andante y valiente,
cortés y elegante
con toda la gente.

Qué ocurriría si...

Una hipótesis, una propuesta,
es como una red lanzada al mar que se recoge
cargada de peces. A partir de una situación chocante
o graciosa, los acontecimientos se pueden desarrollar
hasta el infinito. También se puede introducir
una situación fantástica en un hecho cotidiano
y conocido, del tipo «qué ocurría si un cocodrilo
se presentase a un concurso de televisión».

¿Quién no ha pensado alguna vez: si los animales hablasen, qué nos dirían?

Animales parlanchines

Si pudiese yo hablaría,
aunque fuese sólo un día,
con todo el mundo animal.
¡No estaría nada mal!

Tal vez discursos abstractos
saben hacer los caballos,
historias muy divertidas
conocen los papagayos,
los jumentos, las hormigas...

Una modesta gallina,
que pone un huevo por día,
no sé qué querrá decir
con su cocorococó...

Y el elefante grandote,
dando largas siempre, estira
su larga trompa hacia arriba.
¿Quién no se ha sentido un zote
pues, en vez de hablar, barrita?

En mi vida oí al gato
decir palabra ninguna.
Si lo miras un buen rato,
ronronea, escapa y maúlla.
Y cuando mueve la cola,
tal vez quiera decir: «Hola».

¿Qué ocurriría si las criaturas de la selva se divirtieran como los humanos? Desde luego, los monos son los niños traviesos de la selva, de eso no cabe duda.

Podría suceder que mientras el cocodrilo dormita en el barro, los monos le arrojen cocos...

Pasatiempos en la selva

—¡Adelante! —dice el cocodrilo, creyendo que alguien ha llamado a su lomo para pedirle que le deje entrar al río.

Los monos ríen a más no poder... y siguen tirando al blanco.

—¡Adelante! —se desgañita el cocodrilo.

Cuando se da cuenta de que han sido los monos, los amenaza:

—¡Teñiré el río de rojo con vuestra sangre, hijos del demonio!

En ese momento, una serpiente le tira de la cola y se escapa lo más deprisa que puede.

Los elefantes van a lo suyo y juegan a echarse pulsos con la trompa, como los humanos. Pero ¿cómo lo hacen?

Pues se ponen cara a cara, enderezan las trompas en el aire y las acercan. Luego hacen fuerza: gana quien primero llega a doblar la trompa del adversario.

Los simpáticos elefantitos, en cambio, juegan a mantenerse en equilibrio sobre la punta de la trompa y a girar a su alrededor como una peonza.

En la selva también hay institutos de belleza, donde las tigresas van a que les den mechas en las franjas de la piel, y a hacerse untar los bigotes con pomada y a hablar mal del león. Pero cuando el león entra a que le recorten las puntas de la melena, se quedan todas calladas.

—¿Quiere gomina o espuma? —pregunta el leopardo que hace de barbero.

—Espuma —responde el león.

En cuanto el león se ha ido, las tigresas hablan todas a la vez:

—¡Con lo calvo que está y se quiere dar volumen con la melena!

El león va a jugar una partida de petanca con el oso: usan las nueces de coco como bolas.

El león tira con demasiada fuerza su coco y llega hasta el lomo del cocodrilo. Éste oye: «Toc».

—Adelante —dice el cocodrilo otra vez. El león y el oso se ríen a carcajada limpia.

El cocodrilo refunfuña:

—¡Ya no se puede dormir en paz!

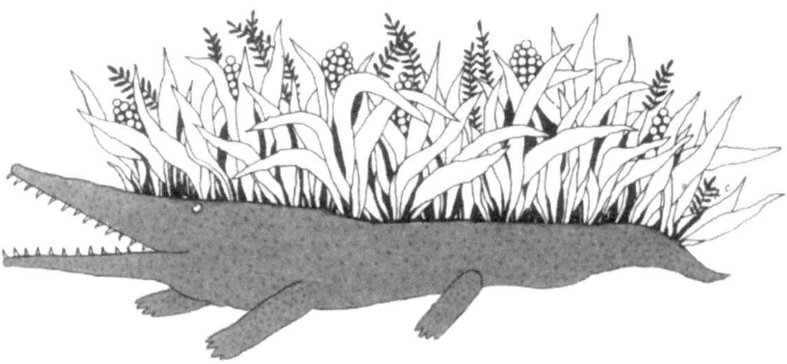

La casa del señor Wenceslao o la casa voladora

¿Qué ocurriría si nuestra ciudad o todo lo que hay en nuestra habitación saliera volando?

La casa del señor Wenceslao pasó volando a toda velocidad por encima de las cabezas de la gente que estaba en el parque. La casa entera, del tejado a los cimientos, pasó por encima de los vecinos meciéndose suavemente como un avión.

La chimenea echaba un humo negruzco que avanzaba como el de una locomotora. De la casa colgaban sacos de carbón, botellas de vino, garrafones de aceite: era la bodega, vaya.

El señor Wenceslao iba asomado a la ventana de la primera planta –menos mal que era una casita baja–, fumando su pipa y parecía que estaba pensando en sus cosas, sin ver a nadie.

La gente, al verlo pasar, miraba a lo alto y decía:

—El señor Wenceslao se ha vuelto loco. Qué manera es ésa de andar dando vueltas como si su casa fuese un avión.

—Habría que llamar a la policía —dijo uno—, porque el señor Wenceslao no tiene licencia de piloto y podría ocasionar algún desastre.

La casa atravesó en pocos minutos el cielo y desapareció tras la colina. Un rato después reapareció, atravesó el cielo en sentido contrario, bajó hacia tierra y se detuvo en el pueblo, cien metros detrás de la iglesia, es decir, en el lugar donde fuera construida.

—Ya está —dijo la gente—, el señor Wenceslao ha terminado su paseo.

El señor Wenceslao seguía en la ventana fumando en pipa.

—Tiene flojo algún tornillo de la cabeza —dijo no sé quién.

Y es que desde que al señor Wenceslao le dio por ahí, todos los días al atardecer se da estos paseos. Los vecinos se han acostumbrado. Puede darse el caso de que alguien esté junto a la ventana de la planta baja charlando con él y de repente diga:

—Bueno, te dejo, que es la hora de mi paseo.

Entonces la casa se separa del suelo con un suave silbido y se eleva al cielo. Da dos o tres vueltas alrededor del campanario y luego se dirige hacia las colinas.

¿Qué ocurrirá después: ¿Hacia dónde volará la casa? ¿Cuándo y dónde aterrizará?

¿Y si volase la escuela con todos los alumnos dentro de las aulas?

Supongamos que un buen día, los habitantes de Barcelona ven de improviso que la Sagrada Familia, ese monumento extraordinario, está volando. Está atado a una enorme astronave. Se sabe que unos seres extraterrestres se llevan el monumento en préstamo. ¿Para qué será? ¿Cuándo lo devolverán?

Un barco extravagante

Hay barcos que deliran y se echan a volar.

Estamos navegando por un pequeño lago entre montañas. El día está sereno y los pasajeros son gente muy educada, gente de bien. Al capitán del barco, un mocetón guapo y rubio, le gusta guiñar el ojo. Dentro de poco llegaremos a puerto: allí está el pueblo, el embarcadero con la bandera moviéndose al viento. Pero de repente nos damos cuenta de que el barco se está alejando de la orilla, que estamos volviendo atrás.

—Capitán, ¿qué sucede?

—¡Ya quisiera saberlo yo también!

No ha terminado de hablar cuando un barquintazo nos tira a unos contra otros. ¿Hemos dado contra un escollo? Nos asomamos a mirar por la borda y con gran sorpresa descubrimos que el barco ya no toca el agua: ¡estamos volando! El barco se ha elevado, vuela sobre las olas y se mueve levemente en medio de la atmósfera celeste.

—¡Capitán, pardiez!

—¡Vuelva en seguida abajo! —ordena un señor muy importante, fulminando al capitán con la mirada.

No hay manera: el barco se eleva cada vez más, las nubes rozan sus flancos, un arco iris le lame la quilla.

Algunos querrían recurrir a un salvavidas, pero aquí haría falta más bien un paracaídas. Vaya, ahora el barco desciende precipitado, con la proa hacia abajo, en picado. Sin duda, nos ahogaremos todos de una zambullida espantosa.

Sin embargo, a pocos metros del agua, el barco se vuelve a levantar y con un magnífico salto de carnero se da la vuelta: ahora navegamos cabeza abajo, aferrándonos con las manos al parapeto. El barco se desliza sobre la chimenea y sobre el sombrero de aquel señor muy importante que había subido hasta la parte más alta para salvarse.

El señor muy importante es ridículo, pero nos hace un gran favor: pareciera que es su sombrero el que sostiene el barco. En el momento menos pensado, la extraña estructura retoma la orientación normal y se desliza rápidamente hacia el embarcadero. Nos damos prisa en poner pie en tierra antes de que al barquito le pase por la cabeza hacer nuevas bromas. El capitán se enjuga el sudor y se disculpa:

—Es un barco muy joven, tiene siempre ganas de jugar y de hacer locuras.

—Muchas gracias, pero yo no vuelvo a poner los pies en un barco tan extravagante como éste.

Claro que si un barco, en vez de surcar las aguas, prefiere volar, ¿por qué un avión, en vez de volar, no va a transportar los pasajeros de un aeropuerto a otro andando por la autopista?

La planta Pablito

¿Qué ocurriría si alguien naciese con el pelo de algodón de azúcar o... con otra curiosa particularidad?

Pedro, el campesino, se quedó pasmado cuando le nació un niño con el pelo verde. Pedro había visto gente de pelo negro, rubio y rojo; había oído hablar también de cierta hada de cabellos de color turquesa, pero jamás en la vida había visto pelos verdes. La gente que iba a ver al niño decía:

—Parece que lleva ensalada en la cabeza.

Por eso todo el mundo le llamaba Pablito Ensalada.

Su padre lo llevó a varios médicos para que viesen esos cabellos. Todos dijeron que no era nada, garabatearon una receta, pero los pelos siguieron tan verdes como antes. Cuando el niño tuvo dos años, acompañó a su abuelo a los prados para que pastara una cabrita. Y fue entonces cuando, la cabrita se le acercó y, en presencia del abuelo, le comió en un santiamén todos los pelos y le dejó la cabeza lisa como un prado recién segado.

Así se pudo saber que los cabellos verdes de Pablito no eran cabellos verdes sino hierba, una buena hierba fresca y tierna que crecía muy deprisa.

—Podrás mantener una cabra hasta en alta mar —se rió el padre de Pablito.

En primavera, justo en medio de la cabeza, apareció entre el verde una hermosa margarita de color amarillo. La gente venía desde muy lejos para ver al niño al que le crecían margaritas en la cabeza.

Pablito, cuando ya era mozo, cometió una mala acción: de golpe, en lugar de la buena hierba le brotó en la cabeza un mechón de maleza llena de espinas. A Pablito le daba vergüenza andar por ahí con esos hierbajos sobre los ojos: asi que procuró no cometer jamás malas acciones.

Pasaron los años y, en medio de la hierba, comenzó a crecer una plantita: se descubrió que era una encina, y que se iba poniendo cada vez más robusta y fuerte a medida que Pablito envejecía. A los cincuenta años era un bonito chaparro.

Todo tenía sus ventajas: Pablito no necesitaba árboles para estar a la sombra en verano, con el que le crecía en la cabeza le bastaba que, por cierto, daba una sombra fresca.

Cuando Pablito cumplió ochenta años, la encina se había hecho tan grande que los pájaros hacían allí sus nidos; los niños trepaban para jugar entre sus ramas; los mendigos que entraban en el patio para pedir un huevo o un poco de agua, descansaban un rato a la sombra de Pablito y no dejaban nunca de elogiarlo por su bondad. Cuando murió, lo enterraron de pie, de modo que el árbol pudiese seguir viviendo y creciendo al aire libre. Ahora es una viejísima encina frondosa y la llaman la Planta Pablito. Al lado han puesto un banco barnizado de verde, donde la gente se sienta a charlar de sus cosas.

Las personas mayores hacen mucho uso del banco; por eso, cuando se van a dormir, dicen:

—Buenas noches, Pablito, eres estupendo.

Un ciempiés en la zapatería

¿Qué ocurriría si un ciempiés y su familia fuesen a la zapatería?

Cipolino comenzó a trabajar en el taller de Maese Uvita, y hacía muchos progresos en el arte de remendón: daba pez al bramante, ponía las suelas, clavaba clavos en las botas, tomaba las medidas a los clientes.

Maese Uvita estaba contento, y los negocios le iban bien. Mucha gente iba a su taller sólo por ver a aquel extraordinario mozuelo [...]

Fue también una familia de Ciempiés forasteros, el padre y dos hijos, que se llamaban Ciempisantes y Ciempinreles y no se estaban quietos ni un minuto.

—¿Son siempre tan vivarachos? —preguntó Cipolino.

—¿Cómo? —respondió el Ciempiés—. Ahora son dos angelitos. Debería verlos cuando mi mujer los baña: les lava las patas delanteras y ellos se ensucian las traseras, les lava las de atrás y se ensucian las de delante. No acaba nunca y cada vez gasta una pastilla de jabón entera.

Maese Uvita preguntó:

—¿Tomamos medida a los pequeños para sus zapatos?

—¡Por el amor de Dios: doscientos pares de zapatos! Tendré que trabajar toda la vida para pagar la deuda.

—Además —agregó Maese Uvita—, no creo que tenga cuero suficiente en todo el taller.

—Echadle un vistazo a los más gastados: por lo menos intentaremos cambiar ésos.

Ciempisantes y Ciempinreles pusieron toda su buena voluntad para mantener quietos los pies mientras Maese Uvita y Cipolino examinaban suelas y tapas.

—Pues a éste habría que cambiarle los dos primeros pares y el par número noventa y nueve.

—¡Oh!, con ése puede andar todavía —se apresuró a decir papá Ciempiés—: bastará ponerle tapas nuevas.

—A este otro hay que cambiarle los dieciséis zapatos del fondo en la fila de la derecha.

—Siempre le estoy diciendo que no arrastre los pies. ¿Los niños caminan? Qué va: saltan, bailan, se arrastran. Y ése es el resultado: toda la fila de los zapatos de la derecha se gasta antes que la fila de la izquierda.

Maese Uvita suspiraba:

—Es que tener dos pies o cien es lo mismo para los niños. Serían capaces de romper cien pares de zapatos con un pie solo.

Finalmente, la familia Ciempiés se fue andando a saltitos: Ciempisantes y Ciempinreles se deslizaban mejor que si tuviesen ruedas. Papá Ciempiés, en cambio, era un poco más lento, en realidad era algo cojo. No del todo, que conste: era cojo sólo de treinta y tres pies...

Cuando se introduce un elemento chocante en algo cotidiano se generan situaciones disparatadas. Esto fue lo que escribió una niña de una clase de primaria:

El pececito parlante

Un niño fue a pescar con su bote a un río.

De golpe, pescó un pececito que comenzó a hablar y dijo:

—¡Déjame ir, te lo ruego!

El niño, muy sorprendido, le respondió:

—¿Quién eres? ¿Cómo haces para hablar?

El pececito le explicó que venía del país de los pececitos parlantes, que él era el príncipe y que, si lo dejaba libre, su cesto se llenaría de monedas de oro.

El niño, aun sin creerlo del todo, lo dejó libre; luego miró el cesto y lo encontró lleno de monedas de oro.

Y esto fue lo que escribió su hermano, que era mayor

Qué ocurriría si los niños perdiesen los botones...

Había una vez un científico que construyó un robot que comía sólo botones.

Una vez, el robot tenía hambre y se comió todos los botones de toda la ropa de todos los niños de todas las clases de todo un colegio.

A la mañana siguiente, cuando el científico se despertó, no vio al robot y lo estuvo buscando por el laboratorio. Cuando se asomó a la ventana, vio muchos niños sin botones y con la ropa por el suelo.

Alrededor de ellos, había mucha gente que se reía. Alguno incluso decía:

—¡Guarros! ¿Por qué estáis en paños menores y no os ajustáis bien la ropa para que no se os caiga?

Los niños lloraban y decían:

—Hemos perdido todos los botones de la ropa. No podemos explicarnos quién nos los ha robado.

La gente seguía insultándolos y los niños seguían llorando.

El científico comprendió enseguida quién había montado semejante lío y decidió salir en busca del robot.

Buscó y buscó y un buen día lo encontró y le dijo:

—Lo siento mucho, pero debo destruirte.

Desde aquel día el robot ya no fue un robot, sino una aspiradora gigante.

Esto sucedió porque un robot comía botones. Pero ¿y si hubiera comido relojes o teléfonos, u otra cosa?

Las hipótesis fantásticas

Las hipótesis fantásticas
se asemejan un poco a las cosas
que nos imaginamos en los sueños.
En los sueños podemos pensar lo que queramos.
Podemos imaginar que volamos sujetos a un paraguas,
que luchamos contra los bandidos,
que nos encontramos con una ballena...
Como si existiese
un hombrecillo de los sueños dispuesto a distribuir,
para entretenimiento de todos,
hipótesis fantásticas.
Para escribir una historia de este tipo,
se necesita un binomio fantástico
y la propuesta "qué ocurriría si...".

Esta historia la escribió un niño de un colegio que no me acuerdo cómo se llama...

Si fuese la cometa

Soñé que yo era una cometa. Un día me compró un niño que se llamaba Vicente. Luego le dijo a su madre:

—Mamá, ¿puedo ir a jugar con la cometa?

La madre le dijo que sí.

De golpe vino un viento muy fuerte, muy fuerte, muy fuerte, y el hilo se me escapó de la mano y el viento me llevó hacia lo alto y volé. Y volé. Después estaba volando en medio de las nubes y ya no veía nada. Poco después vino la lluvia y las gotas de agua me hacían daño y, cuando dejó de llover, estaba tan rota que no quería irme abajo.

Una fuerte ráfaga de viento me trasladó a las montañas, luego me caí y fui a parar en medio de la nieve y no podía salir, porque se había roto una caña.

Entonces un niño que estaba esquiando me vio, se paró frente a mí y pensó: «¿De dónde habrá salido esta cometa? La llevaré a casa y la arreglaré».

Él tenía una caña vieja de pescar y la partió en dos y me la puso a mí.

Luego me agarró y me ató a la cuerda donde se tiende la ropa y se fue a jugar.

Y otra vez vino un viento muy grande y yo me liberé y me puse a volar de nuevo, hasta que fui a descansar bajo un árbol. Un niño quería llevarme y yo grité:

—¡Déjame, déjame!

Y él dijo:

—¡Caramba! ¡Una cometa que habla!

Y salió corriendo.

Vino un remolino de aire y me transportó a África. Luego se acabó el remolino y aterricé en la copa de un árbol de la selva y un monito se me echó encima y yo dije:

—¡Ay, ay!

El monito se desmayó, porque creía que yo era una cometa mágica.

Después me encontraron los niños de la tribu y se pusieron a jugar conmigo.

Me encariñé con los niños de la tribu y no me he vuelto a escapar.

Unas cuantas hipótesis fantásticas para quien quiera crear otras historias.

Qué sucedería...

– si el mundo anduviese al revés.

– si las personas viviesen bajo el mar.

– si las ranas criasen pelo.

– si las estatuas se moviesen y hablasen.

– si los caballos cantasen.

– si la mantequilla se volviese dura como el acero.

– si Madrid estuviese rodeada por el mar.

– si un cocodrilo se presentara a un concurso de televisión.

El hombrecillo de los sueños

Mientras duermo, hay un hombrecillo muy pequeño que llega hasta mi almohada y me dice:

—¡Fíjate! Estás volando sujeto a un paraguas.

Yo no lo dudo ni un momento y paso entre las nubes tibias y húmedas, veo bajo mis pies los lagos y los ríos, salto de una colina a la otra. Después el hombrecillo me dice:

—Ponte a salvo, que vienen los bandidos.

Y de verdad veo a los bandidos: son dos, llevan antifaces y me apuntan con un trabuco. Querría escapar de tan asustado que estoy, pero no logro mover ni un dedo. El hombrecillo se divierte haciéndome creer lo que él quiere:

—Mira cómo te crece una rosa en la mano —sigue burlándose de mí.

Yo veo de verdad una rosa que me asoma entre el índice y el dedo corazón.

Cada vez que voy a la cama, me digo: «Esta vez no quiero hacerle caso». Después, en cuanto cierro los ojos, el hombrecillo me dice:

—Mira una ballena.

Y enseguida yo, bobalicón, veo una ballena que nada en el vaso de agua que tengo sobre la mesilla.

TAN PEQUEÑO QUE...
TAN LARGO QUE...
TAN... QUE...

Se pueden inventar
muchas historias divertidas
sólo con imaginar que algo
(una casa, un pastel, una persona,
un lápiz, una nariz)
se vuelve cada vez más pequeño
o cada vez más grande.

Una casa muy pequeña

El señor Gustavo comenzó a construirse una casa propia. Pero como tenía poco dinero, sólo pudo comprar unos pocos ladrillos, tan pocos que la casa le quedó muy pequeña, tan pequeña que el señor Gustavo tiene que arrastrarse por el suelo si quiere entrar (¿cómo no iba a querer entrar en su casa?) y una vez dentro no puede ponerse de pie porque si intentase hacerlo se golpearía la cabeza con el techo, y por lo tanto debe estar sentado o tumbado.

Los niños del pueblo saltan por encima del tejado de la casita y algunas veces, cuando el señor Gustavo no está, le esconden la casa detrás de una mata. El señor Gustavo da vueltas por el pueblo buscando su casa hasta que la encuentra: gracias infantiles, ejem.

Es muy bueno, pobrecito. En el alféizar de la ventana, en vez de migas para los pájaros, pone caramelos para los niños. Los niños que pasan por ahí tienen derecho a llevarse un caramelo. Así que el señor Gustavo se ha hecho muy amigo de estas dulces criaturas. A veces le preguntan:

—¿Cuántos ladrillos usaste para hacer tu casita?

Y él responde:

—Ciento dieciocho.

—Y ¿cuánta argamasa?

—Dos cucharadas y media —responde el señor Gustavo.

Los niños ríen, el señor Gustavo ríe también, y todos están contentos.

El trenecito

Al tren que va de Poot a Paet lo llaman el trenecito, y es tan pequeño que no sería raro que pudiese llevarse en el bolsillo.

Tiene un solo vagón y todos los asientos están junto a la ventanilla. El vagón es muy estrecho pero, para los señores gordos, han hecho unas aberturas en las paredes: los señores gordos suben, acomodan la tripa en los huecos y cierran los ojos, ¡dichosos ellos!

A veces, en la estación de las frutas, el maquinista Adalgiso para el tren en medio del campo y trepa a los árboles para robar peras: todos lo miran desde el tren y le guiñan el ojo. Cuando hay niebla y no se ve nada, el revisor se pone detrás de los niños y les dice lo que hay que ver: ha hecho tantas veces este viaje que se sabe todo el paisaje de memoria:

—A la derecha —dice—, hay un campo de maíz; a la izquierda, una muchacha rubia que agita un pañuelo rojo. Ahora a la izquierda está el lago —y sigue así.

Cuando hay que bajar, a los señores gordos les cuesta bastante trabajo sacar las tripas de los huecos. El revisor los ayuda tirando de sus hombros:

—Un pequeño esfuerzo, señor Luispoldo.

El señor Luispoldo, el más gordo de todos, suda y resopla pero la tripa no sale.

Debe ponerse a tirar también el maquinista Adalgiso hasta que, al fin, el señor Luispoldo puede bajar del tren. Entonces la máquina da la vuelta y espera la hora de partida.

¿Qué sucederá en el próximo viaje del trenecito? ¿Cómo proseguirá la historia?

Supongamos otra historia que empieza así: «Siempre que el conserje del colegio se enfada y grita, encoge un centímetro». ¿Cómo estará cuando acabe el curso?, por ejemplo.

El señor Calabacino

Desde muchacho, el señor Calabacino se había empeñado en tener una casa de su propiedad y cada año guardaba un ladrillo.

Pero había una pega, y era que el señor Calabacino no sabía aritmética, por lo que, de vez en cuando, le pedía a Maese Uvita, el remendón, que le contase los ladrillos que llevaba guardados.

—Veamos un poco —decía Maese Uvita, rascándose la cabeza con la lezna—: seis por siete cuarenta y dos... bajo el nueve...; en total, son diecisiete.

—¿Y alcanzan para hacer una casa?

—Yo diría que no.

—¿Y entonces?

—¿Y entonces qué quieres de mí? Si no alcanzan para hacer una casa, harás un banquito.

—Pero a mí no me hace falta un banquito. Ya están los de las plazas, y cuando están ocupados no me molesta estar de pie.

Maese Uvita se rascó la cabeza con la lezna, primero detrás de la oreja derecha, luego detrás de la oreja izquierda y, por fin, volvió a su taller.

El señor Calabacino decidió trabajar más y

comer menos, así que ahorraba tres ladrillos al año y algunos años hasta cinco.

Se quedó tan delgado como una cerilla, pero la pila de los ladrillos crecía.

La gente decía:

—Mirad a Calabacino: parece que los ladrillos le salen de la tripa. Cada vez que el montón gana un ladrillo, Calabacino pierde un kilo.

Cuando Calabacino se sintió viejo, fue a llamar de nuevo a Maese Uvita y le dijo así:

—Por favor, ven a contarme los ladrillos.

Maese Uvita tomó la lezna para rascarse la cabeza, echó un vistazo a la pila y sentenció:

—Seis por siete cuarenta y dos..., bajo el nueve...: en total, son ciento dieciocho.

—¿Alcanzarán para hacer la casa?

—Yo creo que no.

—¿Y entonces?

—¿Qué quieres que te diga? Podrías hacer un gallinero.

—Pero es que no tengo gallinas.

—Pues mete al gato: los gatos son útiles porque cazan ratones.

—Es verdad, pero yo no tengo gato. Además pensándolo bien, tampoco tengo ratones.

—No sé qué decirte —resopló Maese Uvita, rascándose furiosamente la cabeza con la lezna— ciento dieciocho son ciento dieciocho...

—Si tú lo dices, que has estudiado Aritmética, será así.

El señor Calabacino suspiró y volvió a suspirar una vez más; al fin, viendo que con suspiros los ladrillos no crecían en número, decidió comenzar la obra sin más.

—Haré una casa muy pequeñita —se decía mientras trabajaba—: no me hace falta un palacio, pues también yo soy pequeño. Y si los ladrillos son pocos, usaré algunas hojas de papel.

El señor Calabacino trabajaba muy despacio, por temor a gastar demasiado pronto los ladrillos. Los ponía unos sobre otros con delicadeza, como si fuesen de cristal. ¡Los conocía tan bien!

—Vaya —decía sosteniendo uno y acariciándolo afectuosamente—, éste es el ladrillo que guardé hace diez años para Navidad. Lo fui a comprar al mercado con el dinero del capón, pero al capón me lo comeré cuando la casa esté terminada.

Por cada ladrillo, lanzaba un suspiro larguísimo. Pero cuando hubo usado todos los ladrillos, le quedaban todavía muchos suspiros y la casa había quedado como un palomar.

—Si fuese un palomo —pensaba el pobre Calabacino—, aquí estaría comodísimo.

Pero, cuando quiso entrar, dio con una rodilla en el techo y estuvo a punto de provocar el derrumbe de la casucha.

—Con los años me vuelvo distraído: debo prestar más atención.

Se arrodilló frente a la puerta y, a gatas, arrastrándose y suspirando, entró en su casita. Una vez dentro, recomenzaron los inconvenientes: si se incorporaba, haría que se derrumbase el techo; largo y tendido no se podía poner, porque la casa era demasiado corta; de través estaba incómodo porque la casa era demasiado estrecha. ¿Y los pies? Tenía que hacer lo imposible para que entraran también los pies, pues de otro modo, cuando lloviera, se mojarían.

—Por lo que veo —concluyó Calabacino—, no me queda más remedio que sentarme.

Y así lo hizo. Se sentó y suspiró.

Se quedó en medio de la casucha, suspirando con vehemencia, y su cara, en el ventanuco, parecía el retrato de la melancolía.

—¿Cómo te sientes? —preguntó Maese Uvita, que había salido a la puerta del taller a curiosear.

—Bien, gracias —respondió amablemente el señor Calabacino.

—¿No te va un poco estrecha de hombros?

—No, he tomado bien mis medidas.

Maese Uvita se rascó la cabeza como solía y farfulló algo, pero no se pudo entender nada. Mientras tanto, la gente venía de todas partes a ver la casita de Calabacino. Vino también una pandilla de chicuelos y el más pequeño saltó al tejado de la casucha y se puso a cantar una canción de corro:

En la casa de don Calabacino,
la mano derecha sostiene el vino,
la mano izquierda saluda al vecino,
las piernas suben por una escalera,
la cabeza entra por la chimenea.

En un colegio de primaria, un equipo de varios niños se inventó esta historia:

El elefante en busca de casa

Había una vez un elefante que vivía en el circo y un día se escapó en busca de una casa.

Caminando, caminando, llegó a un bosque lleno de árboles de papel charol de colores.

El elefante tenía hambre y no encontraba nada que comer.

De repente, bajó del cielo un hombre espacial con muchas avellanas y muchas frutas y se las ofreció al elefante, que se puso a comer. Pero a medida que comía en vez de crecer se iba volviendo cada vez más pequeño, hasta que se convirtió en un cachorrillo. Mientras masticaba el último bocado, le brotaron dos alas: el elefante comenzó a volar y fue a buscar la casa en el espacio.

La enfermedad de Tino

Había una vez un contable. El contable se llamaba Blanco y trabajaba en un banco. Estaba casado con la señora Rosa y tenían un niño de pocos meses. Un niño precioso, con los ojos vivaces e inteligentes. Con una bonita cabellera negra. Un niño precioso, sí.

Se llamaba Juan Bautista, pero como ese nombre parecía demasiado largo para un niño tan pequeño, sus padres lo llamaban Tino.

Después del primer cumpleaños, llegó el segundo. Pero antes de que llegase el tercero, Tino manifestó los primeros síntomas, los primeros signos, de una enfermedad realmente insólita.

Un día la señora Rosa, al volver de la compra, lo vio acurrucado sobre la alfombra, jugando melancólicamente con un caballo de goma. La señora Rosa sintió que se le partía el corazón...

Tino... pues sí, Tino le parecía muy pequeño, incluso más pequeño que como lo había dejado al salir... Corrió hacia él, lo tomó en brazos, llamándolo por su nombre, acariciándolo... Menos mal, se había equivocado: Tino era el mismo de siempre. Su peso no había cambiado, ni siquiera su estatura, y ni siquiera la vivacidad con que volvía a jugar con el caballo de goma, tirándolo enérgicamente al suelo.

Otro día, el contable Blanco y la señora Rosa dejaron solo a Tino por un momento en el salón. Cuando volvieron, lanzaron a dúo un grito.

—¡Tino! ¡Tino!

El niño alzó los ojos, sonrió... La señora Rosa dio un suspiro de alivio:

—¡Santo cielo, qué susto...!

—Dímelo a mí.

—De repente, no sé... creí que había adelgazado o encogido...

—Por un instante, me pareció un muñequito.

—¿Qué habrá sucedido?

—No crees que es demasiada coincidencia que los dos...

—Calla, que a mí me sucedió ya otra vez: volví del mercado y lo vi allí, en ese rincón, tan pequeño, tan pequeñajo....

Aquel día, el contable Blanco y la señora Rosa se tranquilizaron. Pero ocurrió lo mismo un par de veces más. Entonces decidieron, claro, llevarlo al médico. El médico revisó a Tino, lo midió, lo pesó, le hizo decir treinta y tres, le ordenó que tosiera, le miró la garganta con una cuchara y concluyó:

—Me parece que es un chico normal. Sano, robusto. Sin problemas.

—¿Y lo que pasó, doctor...?

—Pues, pues... Hagamos una prueba. Salgamos los tres, dejémoslo solo un momento y veamos qué sucede.

Salieron de la sala de consulta y se quedaron escuchando detrás de la puerta. Ningún rumor. Tino no lloraba, no se movía, no daba señales de seguir allí dentro.

Cuando entraron, los tres vieron lo mismo: vieron que Tino se había vuelto pequeño, pequeño, pero requetepequeño. Aunque sólo por unos instantes. En cuanto volvió a ver al padre, a la madre y al médico, se transformó inmediatamente en el que era antes: un niño guapo, sanote, fuerte e incluso bastante alto para su edad.

El médico dijo:

—Lo he comprendido, lo he comprendido. No es exactamente una enfermedad; se trata de algo rarísimo. Sucedió ya otra vez, hace cien años, en América...

—¿De qué se trata? —preguntó el señor Blanco.

—¿Es grave? —inquirió la señora Rosa.

—Grave no, no podría decir eso. Es algo así —farfulló el médico.

—¿Cómo así?

—Dígalo, doctor, no nos haga sufrir...

—Calma, calma, señores —dijo el médico—. No hay por qué alarmarse. Este niño lo único que necesita es que no lo dejen solo. Cuando se queda solo, se vuelve pequeño. Eso es todo. Necesita compañía, ¿me explico?

—Pero nosotros no lo dejamos nunca solo.

—Bueno, casi nunca....

—Comprendo, comprendo. Pero no se trata de eso. El niño necesita estar con niños de su edad, ¿me explico? Un hermanito, amigos. Mandarlo a la escuela, buscarle compañeros de juego, ¿me explico?

—Sí, doctor.

—Gracias, doctor. ¿Y será siempre así?

—¿Qué quiere decir, señora?

—Quiero decir si, cuando se haga mayor, deberá estar siempre con gente, para no volverse tan pequeño.

—Ya veremos —dijo el médico, alzando los brazos al cielo—. Pero, si así fuese, ¿sería necesariamente algo malo?

El contable Blanco y la señora Rosa se llevaron a casa al pequeño Tino (no tan pequeño, como ya he dicho), y se ocuparon de él aún más que antes. Tino tuvo un hermanito, fue a la escuela, crecía bien en todos los sentidos: cada vez más alto, inteligente, activo... Era un buen chico y todos lo querían: no provocaba peleas sino que, por el contrario, intercedía para hacer la paz entre quienes se enfrentaban. Al fin, ya hecho un hombrecito, entró en la universidad...

Una vez, cuando ya tenía veinte años, se encontraba en su cuarto estudiando. Estaba solo esa vez, aunque lo más frecuente era que fuese a estudiar con él algún amigo... El contable Blanco y la señora Rosa tuvieron el mismo pensamiento.

—¿Vamos a ver?

—No lo sé. Ya han pasado muchos años...»

—Vayamos... Quiero saber si todavía ...

Y de puntillas, uno detrás del otro, miraron por el ojo de la cerradura...

¿Qué vieron los padres por el ojo de la cerradura?

En una escuela de secundaria escribieron estos finales:

Primer final

Después el médico dijo:

—¡Esta enfermedad no es común!

Entonces el contable Blanco llevó a Tino a casa.

Durante dos o tres días, Tino crecía tranquilamente, pero de golpe se volvió pequeño, pequeño, casi no se le podía ver, y después volvió en seguida a ser como era. Entonces Tino decidió ayudar a la justicia y, cuando había un peligro o un atraco, él se volvía muy pequeño y podía atravesar todas las cosas y no dejarse ver por los maleantes. Y así él podía ser grande y crecer, pero cuando había un peligro se volvía pequeñito y desde aquel día que decidió ayudar a la justicia vivió feliz y contento, y también sus padres.

Segundo final

Tino se escapó de casa y fue a un bosque encantado, allí se encontró con un conejo, una cochinilla de San Antón y una oca.

Los tres eran magos: el conejo hacía magia comiendo zanahorias, la cochinilla volando y la oca nadando.

Tino se quedó maravillado porque no sólo había animales magos sino que todo el bosque era de dulce.

Luego el conejo, que se llamaba Copeteblanco, acompañó a Tino a un campo de zanahorias, pero de golpe Tino se volvió muy pequeño, el conejo se sorprendió, lo llevó a su madriguera y, aunque probó varias fórmulas mágicas, no logró curarlo.

Entonces lo intentó la cochinilla Rosita. Un día, volando por los prados, encontró unas flores mágicas que, con su polen mágico, lograron curar a Tino. Rosita llamó, satisfecha, a todos los animalillos del bosque e hicieron una gran fiesta en honor de Tino.

Tercer final

Ni siquiera el médico lograba comprender por qué este niño robusto, cuando lo dejaban solo, se volvía tan pequeño. Fueron a ver a un psicólogo y le contaron la historia. El psicólogo dijo que el niño sufría de soledad, que era demasiado pequeño para que lo dejasen solo y que le hacía mucha falta uno de los padres a su lado. Desde aquel día, no lo volvieron a dejar solo; así el niño creció sano y robusto y nunca más se volvió pequeño.

¿Puede haber otro final para la historia de Tino?

Historia del tío Barba

A veces ocurre que las cosas crecen demasiado.

Ésta es la historia, en cambio, de un hombre con la barba larga. ¿Conocéis al tío Barba? Vosotros no, yo sí. Es viejo, más viejo que nadie, hasta más viejo que sí mismo. Su barba se vuelve todos los años cada vez más larga, y él jamás se la ha cortado.

Se ha vuelto tan larga que el tío Barba, cuando sale de paseo, tropieza siempre con ella y se cae. ¿Qué hace para solucionar el problema?

Pues se compra un maletín y allí mete la barba, es decir, la parte de la barba que no lo deja caminar. Ahora resulta que cada vez que sale de paseo con el maletín, parece un viajante de comercio que vende chocolate y caramelos: pero, de verdad, dentro del maletín va solamente su barba.

Es una barba tan larga que el tío Barba, cuando tiene sueño y se encuentra en campo abierto, donde no hay nada para resguardarse del sol, hace una cabaña con su propia barba. ¿Cómo lo hace? Planta dos palos y sujeta encima la punta de la barba: con el resto de la barba hace el techo y las paredes de la cabaña. Se estira a la sombra de su barba y duerme.

Es una cabaña muy blanca. Vista de lejos parece un iglú de los esquimales.

Un día, mientras duerme envuelto en su barba, pasa un barbero y...

He aquí el comienzo para una nueva historia: "Siempre que el conserje del colegio se enfada y grita, los pies le crecen un centímetro". ¿Va a tener problemas de zapatos a lo largo del curso?

Pinocho el astuto

A Pinocho, cada vez que decía una mentira, le crecía la nariz. Y él, pobrecito, sufría y lloraba. Luego acudía en su ayuda el Hada Azul y la nariz de Pinocho recuperaba su tamaño. Pero el Pinocho de esta historia es otro.

Érase una vez Pinocho. Pero no el del libro de Pinocho, sino otro. Él también era de madera, pero no era el mismo. No lo había hecho Geppetto; estaba ahí y ya está.

Éste también decía mentiras, como el famoso títere, y cada vez que las decía la nariz le crecía; pero a pesar de esta coincidencia era otro Pinocho: cuando la nariz se le alargaba, en lugar de asustarse, llorar, pedir ayuda al Hada Azul, etc., buscaba un cuchillo o un serrucho y se cortaba un buen pedazo de nariz. No le dolía porque era de madera.

Como decía muchas mentiras, pero muchas, muchas, incluso demasiadas, en poco tiempo se encontró la casa llena de trozos de madera.

"Qué maravilla, pensó, con toda esta madera voy a hacerme unos muebles, me los haré yo y así ahorraré el gasto del carpintero".

Hábil, era un rato hábil. Trabajando se hizo la cama, la mesa, el armario, las sillas, los estantes para los libros, un banco. Cuando estaba haciendo una mesita para el televisor, vio que le iba a faltar madera.

«Bueno, bueno, me hace falta una buena mentira.»

Salió a la calle y buscó a su víctima. Llegaba, dando pasos cortos por la acera, un aldeano, de los que llegan siempre con retraso para tomar el autobús.

—Buenos días. ¿Sabe qué es usted un hombre afortunado?

—¿Yo? ¿Cómo, así?

—¿No lo sabe todavía? Ha ganado cien millones en la lotería: lo ha dicho la radio hace cinco minutos.

—¡No es posible!

—¿No es posible?... Perdone: ¿usted cómo se llama?

—Roberto Oblongo.

—¿Lo ve? La radio ha dicho justamente su nombre: Roberto Oblongo. ¿Y qué oficio tiene?

—Vendo salchichón, cuadernos y bombillas en San Jorge de Arriba.

—Pues no cabe ninguna duda: el ganador es usted. Cien millones. Le doy mi calurosa enhorabuena...

—Gracias, gracias...

El señor Oblongo quería y a la vez no podía creerlo, pero estaba emocionadísimo y tuvo que entrar en un bar a beber un vaso de agua. Sólo cuando hubo bebido, recordó que no había comprado nin-

gún decimo de lotería, por lo que debía de haber algún error. Pero Pinocho ya había vuelto a su casa satisfecho. La mentira le había alargado la nariz en la medida justa como para hacer la última pata de la mesa del televisor. Serró, clavó y cepilló: el mueble quedó listo. Una mesita como esa, comprada en la tienda, le habría costado más de doscientos euros.

Cuando hubo terminado de amueblar la casa, decidió montar un negocio.

—Venderé madera y me haré rico.

Y, en efecto, era tan suelto de lengua para mentir a toda hora, que, en poco tiempo, se convirtió en propietario de una gran tienda con cien obreros que trabajaban para él y doce contables que hacían las cuentas. Se compró cuatro coches y dos remolcadores. Los remolcadores no le servían para ir de paseo, sino para transportar las maderas que también enviaba al extranjero, a Francia y a Titirilandia.

Y mentiras por aquí y mentiras por allá: la nariz no se cansaba nunca de crecer. Pinocho se hacía cada vez más rico. En su tienda trabajaban ahora tres mil quinientos obreros y cuatrocientos veinte contables para hacer las cuentas.

Lamentablemente, a fuerza de decir mentiras se le iba agotando la fantasía. Para encontrar unas nuevas debía salir de paseo a escuchar las mentiras de los otros y copiarlas: las de los mayores, las de los niños... Pero eran mentiras de poca monta y le hacían crecer la nariz sólo unos pocos centímetros cada vez.

Entonces Pinocho decidió contratar a un guionista de cine por un sueldo mensual. El guionista se dedicaba ocho horas al día a su oficio de pensar mentiras y escribirlas en muchos folios que luego le pasaba al jefe:

—Diga que usted fue el que construyó el Teatro Romano de Mérida.

—Diga que la ciudad de Bilbaópolis tiene ruedas y puede salir de paseo por el campo.

—Diga que ha ido al Polo Norte, ha hecho un pozo y ha salido por el Polo Sur.

El guionista se ganaba la vida bastante bien, pero por la noche, a costa de inventar mentiras, tenía un fuerte dolor de cabeza.

—Diga que Montehermoso es su tío.

—Que los elefantes no duermen acostados ni de pie, sino apoyados sobre su trompa.

—Que el río Duero está cansado de desaguar en el Atlántico y quiere hacerlo en el Océano Índico.

Ahora que era un rico ricachón, Pinocho ya no se serraba la nariz él mismo: lo hacían dos obreros especializados, de guantes blancos, con un serrucho de oro. A estos obreros les pagaba doble sueldo: uno por el trabajo que hacían, otro por estarse callados. De vez en cuando, si la jornada había sido especialmente fructífera, les daba también un vaso de agua mineral.

¿Cómo puede acabar esta historia?

Primer final

Pinocho se enriquecía cada día más. Pero no era avaro. Al guionista, por ejemplo, siempre le hacía algún obsequio: un caramelo de menta, una barrita de regaliz, un sello de Senegal...

El pueblo estaba muy orgulloso de él. Querían que fuese alcalde a toda costa, pero Pinocho no aceptó, porque no se sentía capaz de asumir esa grave responsabilidad.

—Pero usted puede hacer mucho por el pueblo —le decían.

—Lo haré, claro que lo haré. Donaré una escuela infantil con la condición de que lleve mi nombre. Donaré un banco para la plaza, así los trabajadores más viejos podrán sentarse cuando estén cansados.

—¡Viva Pinocho! ¡Viva Pinocho!

Estaban tan contentos que decidieron hacerle un monumento. Y se lo hicieron, de mármol, en la plaza principal. Representaba a un Pinocho de tres metros de altura, que le daba una moneda a un huerfanito de noventa y cinco centímetros. El día de la inauguración tocó la banda. Hubo también fuegos artificiales. Fue una fiesta memorable.

Segundo final

Pinocho se enriquecía cada día más, y cuanto más se enriquecía, más avaro se volvía. El guionista, que se esforzaba por inventar nuevas mentiras, de vez en cuando le pedía aumento de sueldo. Pero él siempre encontraba una excusa para negárselo:

—Pues es muy rápido usted para pedir aumento. Ayer me encajó una mentira de pacotilla: la nariz no se me alargó más de doce milímetros. Doce milímetros no dan ni siquiera para hacer un palillo.

—Tengo familia —decía el guionista—. Ha subido el precio de las patatas.

—Pero ha bajado el precio de las trufas: ¿por qué no compra trufas en vez de patatas?

El resultado fue que el guionista comenzó a odiar a su jefe. Y con el odio nació en él el deseo de vengarse.

«Ya me las pagará», mascullaba, mientras seguía borroneando perezosamente sus papeles de todos los días.

Y así fue como, en uno de esos papeles, casi sin darse cuenta de lo que hacía, escribió: "El autor de las aventuras de Pinocho es Carlo Collodi".

El papel fue a parar en medio de aquellas mentiras. Pinocho, que jamás había leído un libro en su vida, pensó que seria una mentira como las otras y la memorizó para ensartársela al primero que apareciese.

Fue así como por primera vez en su vida, y por pura ignorancia, dijo la verdad. Y en cuanto la hubo dicho, toda la madera producida por sus mentiras se hizo polvo y serrín, y todas sus riquezas desaparecieron como si se las hubiese llevado el viento, y Pinocho volvió a ser pobre, en su vieja casa sin muebles, sin un pañuelo siquiera para enjugarse las lágrimas.

Tercer final

Pinocho se enriquecía cada día más y se habría convertido, sin duda alguna, en el hombre más rico del mundo, si no hubiese aparecido por aquellas tierras un hombrecito que sabía muchas cosas, que lo sabía todo e incluso sabía que todas las riquezas de Pinocho se disiparían como humo el día en que se viese obligado a decir la verdad.

—Señor Pinocho, esté muy atento a que no se le escape siquiera una mínima verdad, aunque sea por error, de otro modo, se acabará la fiesta. ¿Lo ha entendido? Muy bien. A propósito: ¿es suya esa finca?

—N-no —dijo Pinocho.

—Me quedo con ella, pues: parece hecha a medida para mí. ¿Esas tiendas son suyas?

—N-no —dijo a regañadientes Pinocho, para evitar que se le escapase una verdad.

—Magnífico; me quedo, pues, con ellas....

El hombrecito, con ese sistema, se quedó con los coches, los remolcadores, el televisor, el serrucho de oro. Pinocho se iba poniendo cada vez más negro, pero se habría cortado allí mismo la lengua antes que decir la verdad.

—A propósito —dijo finalmente el hombrecito—, ¿es suya esa nariz que lleva puesta?

Pinocho estalló:

—¡Claro que es mía! ¡Y usted no se la podrá llevar! ¡La nariz es mía y guay de quien me la toque!

—Ésa es la pura verdad —sonrió el hombrecito.

Y en aquel momento toda la madera de Pinocho se convirtió en serrín, sus riquezas se hicieron polvo, sopló un fuerte viento y se llevó todo, hasta al hombrecito misterioso, y Pinocho se quedó solo y pobre, sin tener siquiera un caramelo que llevarse a la boca y lograr que se le calmara la tos.

La verdad es que los finales son bastante diferentes. Aunque siempre cabe la posibilidad de crear otro nuevo...

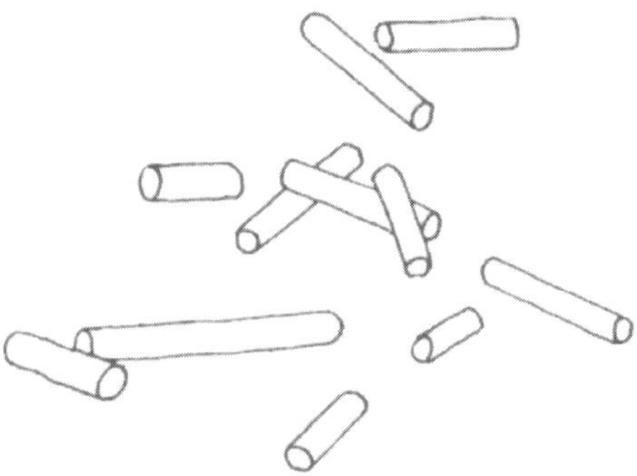

Juegos con palabras

Con el abecedario se construyen
todas las palabras.
Las hay más largas, más cortas, más bonitas o más feas.
Y además se pueden inventar muchas más:
si los caballeros son caballerosos,
las damas serán damosas;
si hay un pez espada, *¿por qué no va a existir*
un pez flecha? ¿Nadie ha pensado alguna vez
que es absurdo que baje un ascensor?
Lo lógico sería que se llamara ascensor
cuando sube y descensor *cuando baja.*
Bipolar es algo que tiene dos polos,
porque el prefijo bi- significa dos, entonces
un biespejo sería el objeto que duplica las imágenes.
Las palabras dan mucho juego.

Retahíla del ABC

Las letras del alfabeto son las iniciales de muchas palabras, como se ve en la siguiente retahíla.

Retahíla del ABC
os la canto de una vez:

A es astro y asterisco.
B, un bizco basilisco.
C, cabe el coche en la cochera.
CH, de chopo y de chopera.
D, un duende deslumbrante.
E, un elocuente elefante.
F de felices fiestas.
G inicia al gato que gatea.
H, ¿hierbabuena o mala hierba?
I, ir vestido de ilusión.
J, jipijapa en el jarrón.
K, ¡un koala en un kiosco!
L, ¡leña al leopardo lioso!
LL, en la llanura, la lluvia que llora.
M, mi mamá me mece en la mecedora.
N, las nubes nublan la nave.
Ñ, el ñandú, ñam, ñam, con el ñame.
O, el oso olfatea el oleaje.
P palabras presta al poeta.

Q, quisquilla en la quilla quieta.
R, de rana rumorosa.
S, ¡sala la sopa sosa!
T, en tetera y tentempié.
U, unas uvas para usted.
V, ¡vuelo y vértigo y vaivén!
X, de la xerocopia al xilofón.
Y, yo en el yogur y el yoyó.
Z zar por azar con zarcillos.

Cada cual puede hacerse su propia retahíla o quitar algunas palabras y sustituirlas por otras: Lo importante es la letra inicial. Un consejo práctico: Antes de hacerla entera se puede empezar con las letras del propio nombre: José, Juan, Lupe, Pilar o Violante.

Historia del pez martillo

Las historias también se pueden contar en verso.

El pez martillo está lánguido:
no hay pez yunque en el Atlántico;
no encuentra el muy testarudo
un pez clavo ni un pez muro.
Busca con mucho interés
cómo aplastar a un pez pie,
y a pesar de su denuedo
no machaca ni a un pezdedo.
«¿Cómo voy a progresar
si no puedo martillar?
Tuve ayer una chinela
y le golpeaba la suela.
Me la pescó un pescador:
Que le aproveche al señor.»

El pez martillo existe –aunque no clava clavos– ¿por qué no va a haber un pez clavo o un pez pie? Para hacer un juego parecido a éste hay que seguir unos principios. Por ejemplo, si se parte del nombre del pez luna, que existe, habrá que inventarse una historia que tenga también como personajes a un pez sol, un pez nube, un pez estrella, u otros. Cuando el pez nube llueva ¿caerán escamas irisadas?

Palabras nuevas

Ésta es una retahíla que enseña un método para inventar palabras nuevas y divertidas.

Yo tengo una bisabuela
que inventa palabras nuevas...
Ha inventado, por ejemplo,
un precioso *despincel,*
que permite deshacer
un cuadro si no es muy bueno.
Ha inventado el *sinsombrero*
para quien no siente nunca
crudo frío en la cabeza;
intemporal e intormenta,
que nos devuelven el sol;
y muchas otras que son
de una enorme utilidad
en el campo y la ciudad.
Por ejemplo, el *paragüete*
para no mojarte el pie
montado en un patinete.
Ahora está por inventar
el verbo *despelear,*
para evitar los conflictos
y hacer que los enemigos
sean cordiales vecinos.

Ese verbo, por ahora,
enfermo está y no funciona.
Pero ella no se amilana
y siempre vuelve a la carga:
tarde o temprano hallará
una palabra que logre
acuerdo en la humanidad.

Está claro que para inventar palabras nuevas basta con poner un prefijo delante de una palabra cualquiera. Así que se necesita una listita de prefijos:

anti-	re
bi- o bis-	semi-
des- o dis-	sub-
maxi-	super
micro-	tri-
mini-	vice-

Y éstas son algunas palabras nuevas: discañón (que no dispara, es decir que para), biespejo (que duplica la imagen), deslápiz (que en vez de escribir, borra), antisombrero (que en vez de estar en la cabeza, está bajo los pies)...

¿Qué será un disacapuntas, obtenido al agregar el prefijo di- a la palabra sacapuntas? Naturalmente, indicará lo contrario del sacapuntas. En vez de usar-

lo para afilar los lápices, servirá para alargarlos cuando estén muy gastados. Un disacapuntas resultará especialmente útil en el colegio. ¿Para qué servirá un antiparaguas?

Aquí hay una relación de palabras inventadas con el sistema del prefijo fantástico.

antipared
biperro
desperchero
indeber
microhipopótamo
minirrascacielo
recantar
semifantasma
subgato
superflor
trivaca
viceperro

Con una ciudad *y un* tío *o una* tía *se puede hacer una simpática poesía, siempre que el segundo y el cuarto verso rimen.*

He conocido a un tío

He conocido a un tío,
a un tío de Malagón,
que tenía un vozarrón
y roncando era un trombón.

He conocido a un tío,
a un tío de Vitigudino,
que bebía siempre vino
a la sombra de un pino.

He conocido a un tío,
a un tío de Sigüenza,
que montó en una cigüeña
y se cayó de vergüenza.

He conocido a un tío,
a un tío de Retuerta,
que cada vez que dormía
dejaba la puerta abierta.

He conocido a un tío,
un tío de Galdacano,
que se fue a Madrid
y se transformó en enano.

He conocido a un tío,
a un tío de Burlada,
que cada vez que viajaba
llevaba la mermelada.

He conocido a un tío,
a un tío de Castellón,
que comía las castañas
sentado en el sillón.

He conocido a un tío,
a un tío de Colmenar,
que por la tarde vendía
las abejas y el panal.

He conocido a un tío,
a un tío de Roquetas,
que siempre paseaba
en su motocicleta.

He conocido a un tío,
a un tío nacido en Cangas,
que llevaba medicinas
guardadas bajo la manga.

He conocido a un tío,
a un tío de Argamasilla,
que con frecuencia
perdía su vieja silla.

He conocido a un tío,
a un tío de Valdespina,
que hacia sus pasteles
con mi paquete de harina.

He conocido a un tío,
a un tío de Serrano,
que visitaba a la novia
con la salsa en la mano.

He conocido a un tío,
a un tío de Piedrahita,
que salía de paseo
con mi querida tiíta.

Las siguientes rimas están sin acabar:

He conocido a un tío,
a un tío de Albacete,
....
....

He conocido a un tío,
a un tío de La Coruña,
....
....

He conocido a un tío,
a un tío de Vitoria,
....
....

He conocido a un tío,
a un tío de Zaragoza,
....
....

He conocido a un tío,
a un tío de Altea,
....
....

He conocido a un tío,
a un tío de Santander,
....
....

He conocido a un tío,
a un tío de Jerte,
....
....

He conocido a un tío,
a un tío de Toledo,
....
....

He conocido a un tío,
a un tío de Guadalajara,
....
....

He conocido a un tío,
a un tío de Recife,
....
....

Tablas locas

No sólo se multiplican los números. Sí, tres por seis son dieciocho, pero, con un poco de fantasía, también da: me quito el jersey, y cinco por ocho puede resultar un tocho o chocolate con bizcocho.

Tres por uno, desayuno.
Tres por dos, en el tren me da tos.
Tres por tres, frío en los pies.
Tres por cuatro, vete al teatro.
Tres por cinco, pega un brinco.
Tres por seis, ¡ya no me veis!
Tres por siete, suena el clarinete.
Tres por ocho, yo no me abrocho.
Tres por nueve, me gusta la nieve.
Tres por diez, me voy a Aranjuez.

Cinco por uno, no le hace mal a ninguno.
Cinco por dos, un abrigo para dos.
Cinco por tres, son las cosas al revés.
Cinco por cuatro, corro y te ato.
Cinco por cinco, cerrado el domingo.
Cinco por seis, en salir no penséis.
Cinco por siete, ¡vaya cacahuete!
Cinco por ocho, un pepino pocho.
Cinco por nueve, la casa se mueve.
Cinco por diez, ¡qué estupidez!

No estaría mal tener todas las tablas de multiplicar; la del dos y la del cinco ya están.

TODO AL PIE DE LA LETRA

Hay frases hechas, refranes,
palabras que tienen varios significados
y si se toman al pie de la letra
puede dar lugar a confusiones horribles
o a situaciones graciosas.

Del error se aprende

Pedro Ciruelo fue un personaje que nació para una serie de programas de la radio. Es un poco ingenuo y toma todo al pie de la letra. Si por casualidad le dicen que hay que esperar para cruzar la calle a que no haya coches, Pedro Ciruelo se queda allí todo el día y cruza la calle cuando ya ha anochecido y está seguro de que los coches ya no han de pasar.

PEDRO (algo vacilante y confuso): Papá...

PADRE: Dime, Pedro...

PEDRO: Debes firmar el cuaderno.

PADRE: ¿Qué cuaderno?

PEDRO: El de notas. Hemos hecho el dictado en el colegio.

PADRE: Déjame ver... Humm... Cuántas marcas azules. Me parece que has cometido muchos errores...

PEDRO: La culpa es de la hache. Nunca sé cuándo hay que ponerla y cuándo no. Le he dicho a la maestra que la hache esa la ha tomado conmigo, siempre hace que me equivoque (comienza a lloriquear); yo no sé quién ha inventado la hache. ¿No podrían quitarla? Ya hay muchas cosas en el abecedario, muchas letras... (llora): está la B, está la V, la G, la J..., y también la hache... Por eso me han

puesto un cuatro... un cuatro he sacado... Y ahora vas tú y me gritas... (solloza desesperadamente).

PADRE: Vamos, vamos, Pedro. ¿Vas a llorar así por un cuatro? ¿Un hombrecito como tú? Un cuatro le puede tocar a cualquiera...: también yo, cuando iba al colegio...

PEDRO: ¿Tú también hacías errores? ¿Te equivocabas con la hache?

PADRE: Todos cometemos errores cuando estamos aprendiendo a escribir. No se puede saber todo de golpe...

PEDRO: ¿Así que no estás enfadado?

PADRE: No estoy lo que se dice contento, si eso es lo que quieres saber. Pero pienso que deberías estar más atento la próxima vez.

PEDRO: ¡Y no haré más errores!

PADRE: Es posible que sigas teniendo alguna falta... Lo importante es hacer cada vez menos. Además, ¿sabes cómo dice el refrán?

PEDRO: Sí, papá: el tiempo es oro...

PADRE: ¡Anda, qué tiene que ver el oro aquí...! El refrán dice... escúchame bien: Del error se aprende.

PEDRO (consolado y alegre): ¿De veras, papá? ¿Del error?

PADRE: Así es: del error. Y sécate esas lágrimas.

PEDRO: No tengo pañuelo, papá.

PADRE: Como de costumbre. Ten, toma el mío...

Pedro, consolado y reanimado por las palabras del padre, corre a su cuarto a hacer los deberes.

PEDRO : Mi papá es bueno. Mi papá no me ha gritado...

Pedro también comete siempre algún error en aritmética.

PEDRO: Diez más diez... Pues yo lo sé, está chupado: diez más diez, veinte... Veinte más uno... Vaya, es cosa de risa: veinte más uno, veintiuno... Qué ejercicio tan fácil, estoy seguro de que no haré ni un error... Ni un error... ¿Y entonces? ¿Cómo ha dicho papá? Del error se aprende... Así que para aprender hay que equivocarse...

PEDRO: Si no cometo ningún error, no aprendo nada. Y yo quiero aprender. Todo lo quiero aprender... Espera, espera... Dos más dos... Da cuatro, ya lo sé. Pero si no me equivoco no aprendo... Así que escribo un bonito cinco... Ya está: dos más dos igual a cinco. Así está bien, así aprendo... Tres más tres... pongamos siete, bah: un bonito error aquí, también aquí, así aprendo más deprisa...

Presa del entusiasmo y muy decidido a aprender en serio, Pedro llena sus deberes de errores. Finalmente sostiene el cuaderno y corre a mostrárselo al padre...

PEDRO: Qué contento se pondrá. Papá, papá, mira: ya he hecho los deberes. Lo he hecho tal como tú me dijiste.

PADRE: ¿De verdad? Muy bien. Déjame ver un poco... Pero... dos más dos cinco... diez más uno diecisiete... diez más cinco cuarenta y nueve... ¡Pedro! (se irrita y acaba gritando). ¡Pero, bueno, mirad al inconsciente cómo se ríe...! Muy contento se le ve... ¿Sabes qué eres? Eres un burro. El rey de los burros, qué digo, el emperador de los borricos... Hay que ver: cuentas que haría un niño del parvulario con los ojos cerrados... Pero fíjate, cuenta un poco los errores. ¡Hay casi más errores que números!

PEDRO: Pues claro, papá...

PADRE: ¿Ahora me tomas el pelo también? No sé cómo hago para no...

PEDRO: Pero papá, tú dijiste que del error se aprende, ¿no? Yo traté de equivocarme... Y ahora me gritas (lloriquea)... Nunca se sabe qué hay que hacer con los mayores. Primero te dicen una cosa, después te dicen todo lo contrario... (llora y se desespera).

Quien duerme, no pesca

MADRE: ¡Pedro! ¡Pedro!

Pedro rezonga y sigue durmiendo.

MADRE: Vamos, Pedro, levántate. No querrás estar todo el día en la cama.
PADRE: Pedro, ¿te levantas ya?
PEDRO: Sí..., en seguida, papá...
MADRE: Pero, ¿sabes que te estás volviendo muy perezoso?
PADRE: Un dormilón, eso es lo que eres. ¿No sabes lo que dice el refrán?
PEDRO: Claro que lo sé: el que no corre, vuela...
PADRE: No, ése no.
PEDRO: Ah, sí: el tiempo es oro...
PADRE: Yo te diré lo que dice el refrán que se refiere a ti. Dice así: quien duerme, no pesca.
PEDRO: Ah, no lo sabía...
MADRE: Y ahora que lo sabes, vamos, arriba...
PEDRO: ¿Así que durmiendo no se pesca nada?... ¿Ni siquiera unos chanquetes?
PADRE. ¿Y cómo quieres que pesque alguien que duerme?
PEDRO: Ya, claro, no puede ser...

Durante todo el día, Pedro medita sobre ese bonito refrán. Piensa en él mientras juega, mientras come y sigue pensando incluso por la noche, cuando es la hora de volver a la cansa.

PEDRO: Quien duerme, no pesca... Es la pura verdad. Yo nunca he pescado. Ah, si pudiese pescar algo... Mamá dice que el pescado está tan caro que no se puede comprar... Si pescase alguno, no habría por qué hacer gastos...

Después de mucho pensar, Pedro ha llegado a darle vueltas al refrán como si fuese un calcetín...

PEDRO: Si quien duerme, no pesca, quien está despierto, pues, puede pescar. ¿Y yo qué hago? Esta noche no duermo. No quiero pegar ojo ni siquiera un minuto. Quiero pescar muchos pescados: un lucio, una anguila, algunas sardinas, una trucha, que a papá le gustan mucho las truchas... Y también un lenguado... Y también... muchos pescados, pues, de todas las clases... ¡Quiero pescar... diez kilos! Así que voy a preparar en seguida la olla para ponerlos dentro...

MADRE: Pedro, deja esa olla en su sitio. ¿Qué quieres hacer con ella?

PEDRO: La quiero llevar al cuarto, mamá. ¿Te parece mal?

MADRE: ¿Una olla?

PEDRO: Bueno, tal vez un cazo, o si quieres una sartén…

MADRE: ¡Cielos! ¿Qué es lo que quieres hacer?

PEDRO: Pero, si ha dicho papá que...

PADRE: ¿Yo? ¿Yo te he dicho que lleves una olla al cuarto? ¿También te has vuelto mentiroso, ahora?

PEDRO: No... (lloriquea) yo no digo mentiras... no las digo nunca, yo... quiero la olla... quiero la olla... (llora; confusión).

¡Vaya historias! Pedro Ciruelo toma todo al pie de la letra. Cree que para aprender hay que equivocarse y por eso llena sus trabajos escolares de errores; luego piensa que basta con mantenerse despierto para que los peces salten dentro de la olla. No comprende que el dicho "Del error se aprende" no quiere decir que se aprende haciendo aposta los errores, sino que hay que reflexionar sobre los errores cometidos para aprender. Tampoco comprende que el refrán "Quien duerme, no pesca" quiere decir que no debemos ser dormilones.

Las historias de Pedro Ciruelo están basadas en tomar al pie de la letra modismos o expresiones hechas, o voces que tengan varios significados: por ejemplo, piensa en bocacalle, estar a la que salta, hombre-sándwich, no tener pelos en la lengua.

Éste es otro sistema para inventar historias. La expresión ponérsele a alguien la piel de gallina significa estremecerse de frío o de miedo, pero se puede narrar la historia de un señor que comienza a tener sensaciones y hábitos propios de gallina. Usa todos los medios habidos y por haber: consulta a un dermatólogo, se da masajes con diferentes pomadas, pero en vano. Empiezan a crecerle plumas, pero tan lentamente que no resiste el frío y, cuando llueve, huele a gallina pelada. Finalmente, decide dedicarse al mundo del espectáculo y se hace famoso como «la gallina de los huevos de oro».

Otros modismos que pueden dar mucho juego

Arar en el mar

Es la historia de un campesino que se convierte en famoso inventor al demostrar que los surcos marinos pueden ser tan productivos como los de la tierra. Los barcos navegan entre la vegetación y los marineros, incluso, consiguen que los olmos les den peras...

Él llora a lágrima viva

El señor Archibaldo llora a lágrima viva. Las lágrimas, que tienen vida propia, comienzan a inundar la casa, salen a la calle, mojan a los habitantes del pueblo... Hay que llamar a fontaneros, bomberos e ingenieros hidráulicos...

Fuerte como un toro

Una mañana, Esteban se despierta y siente un extraño hormigueo por todo el cuerpo. Sus manos y sus pies comienzan a adoptar el aspecto de las patas de un toro. Esteban se siente hecho un toro... Cuando se haya transformado completamente en toro, sentirá la necesidad irresistible de ir a la plaza, pero en su ciudad ya no hay corridas...

Las mentiras tienen patas cortas

La señora Mentira tiene las patas cortas, sí, pero es velocísima, se entrena en la carrera todos los días. La señora Mentira logra el récord de los cien metros. Participa en los Juegos Olímpicos. Pero en el estadio tiene como adversaria a la señorita Verdad. ¿Qué pasará durante la competición? ¿Quién vencerá?

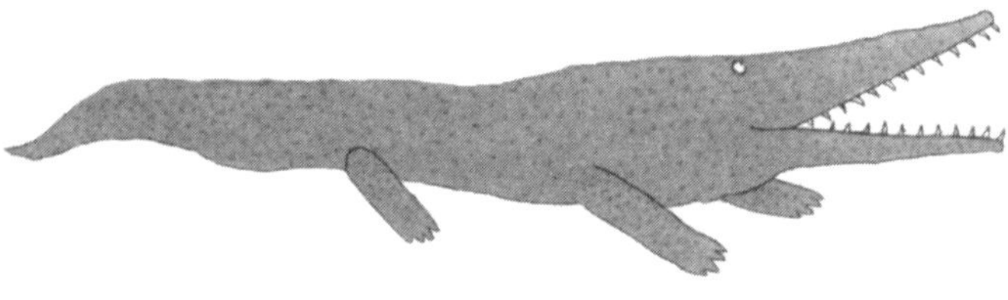

Índice

Títulos publicados

Serie Verde

1. *El corazón del sapo.* **Germán Sánchez Espeso**
2. *El libro de Guillermo.* **Carlo Frabetti**
3. *El anillo de Midas.* **Patxi Zubizarreta**
4. *Maíto Panduro.* **Gonzalo Moure**
5. *¿De vacaciones en México?* **Marinella Terzi**
6. *Agualuna.* **Joan Manuel Gisbert**
7. *Un amigo en la selva.* **Alfredo Gómez Cerdá**
8. *La niña de plata.* **Carmen Gómez Ojea**
9. *La isla de Nim.* **Wendy Orr**
10. *Aún quedan piratas en la Costa de la Muerte.* **Consuelo Jiménez de Cisneros**
11. *El grito de la grulla.* **Samuel Alonso Omeñaca**
12. *El misterio del colegio embrujado.* **Ulises Cabal**
13. *Caracoles, pendientes y mariposas.* **Blanca Álvarez**
14. *Los gigantes de la luna.* **Gonzalo Moure**
15. *Un año movido.* **Klaus Kordon**
16. *El robo de Las Meninas.* **Luisa Villar Liébana**
17. *El truco más difícil.* **Fernando Lalana**
18. *El misterio del león de piedra.* **Ulises Cabal**
19. *El vidente.* **Pilar Mateos**
20. *Gente rara.* **Ricardo Gómez**
21. *Los ríos de la luna.* **Gabriel Janer Manila**

22. *Mi abuela es africana.* **Annelies Schwarz**
23. *El volcán del desierto.* **Alfredo Gómez Cerdá**
24. *El Hombre Gris del País de las Máquinas.* **Anna Tortajada**
25. *La Vaca de Fisterra y la viga de alquitrán.* **Marilar Aleixandre.**
26. *Háblame del fantasma del faro.* **Tina Blanco**
27. *Muerte en el zoo.* **Luisa Villar Liébana**
28. *El misterio de la ciudad submarina.* **Ulises Cabal**
29. *El tren de los aburridos.* **José A. Ramírez Lozano**
30. *El secreto del gran río.* **Alfredo Gómez Cerdá**
31. *El marino de Cartagena.* **Michel Girin**
32. *La gran sequía.* **Gunter Preuss**
33. *La biblioteca de Guillermo.* **Carlo Frabetti**
34. *El misterio de la ratonera asesina.* **Ulises Cabal**
35. *La jefa de la banda.* **Alfredo Gómez Cerdá**
36. *Los cazadores de pumas.* **Andreu Martín**
37. *Un río para Ismael.* **Lola Núñez**
38. *Si un león te pregunta la hora.* **Herman Schulz**
39. *La casa del indiano.* **Jesús Díez de Palma**
40. *Juegos de fantasía.* **Giani Rodari**
41. *El misterio del teatro del crimen.* **Ulises Cabal**

El libro
de Guillermo

Carlo Frabetti

Ilustraciones
Jesús Gabán

ALA DELTA, SERIE VERDE N.º 2. 104 págs.

A Guillermo, un chico
travieso y caradura,
su tía le regala un libro y
no le hace ninguna ilusión.
Leer le aburre bastante,
pero esta vez será
diferente: su encuentro
con el misterioso hombre
del parque le llevará
a buscar en distintos libros
las claves para encontrar
un preciado tesoro.
Y el resultado será
sorprendente.

La biblioteca de Guillermo

Carlo Frabetti

Ilustraciones
Jesús Gabán

ALA DELTA, SERIE VERDE N.º 33. 112 págs.

De repente, la pequeña
biblioteca de Guillermo
se ve enriquecida
por un misterioso libro
que parece dotado
de vida propia.
Y el chico comprueba
una vez más que,
efectivamente,
las mayores aventuras
están en los libros.
O a su alrededor.